LA CULOTTE DU LOUP

Pour Yannis.
S. Servant

LA CULOTTE DU LOUP

Une histoire racontée par Stéphane Servant
et illustrée par Lætitia Le Saux

Didier Jeunesse

– Loup, y es-tu ?

M'entends-tu ?

Que fais-tu ?

GRRR

AÏE!

– **GRRRRR,
JE ME LÈVE,**

rouspète le loup,
mais attendez voir, bande de saucissons!
Ça va barder pour vous!

HOP!
HOP!

Et hop! le loup lisse ses moustaches,
enfile sa culotte,
chausse ses lunettes...
Et tout à coup, il s'écrie :

HUM!
HUM!

– Par les poils de ma barbichette,

**MA
CULOTTE
EST
TOUTE
TROUÉE !**

Je ne peux pas courir
comme ça dans la forêt !

OUVE

Enroulé dans sa cape, le loup file au magasin.
Dans la vitrine, il voit une belle culotte toute rouge,
bien solide pour crapahuter dans les bois.
« Une vraie culotte d'aventurier », dit la publicité.

– Par les poils de ma barbichette,

C'EST
CELLE-LÀ
QUE JE VEUX !

Mais dans la poche du loup, il n'y a qu'une pièce
et la culotte coûte trois sous.

Le vendeur se gratte le bout du nez.
– Ce n'est pas assez. Si vous la voulez, il faut travailler.
Montez ces caisses au grenier... et la culotte est à vous !

LE LOUP PORTE, POUSSE, TIRE, SOUFFLE ET SUE.

Quand les caisses sont au grenier,
le loup fatigué s'en va chercher
la belle culotte rouge.

Mais là, sur l'étagère, il voit une superbe culotte
avec des dentelles et des cochons imprimés.
« Une vraie culotte de loulou », affirme la publicité.

– Par les poils de ma barbichette,

**C'EST
CELLE-LÀ
QUE JE VEUX !**

Le vendeur est tout content.

– Oui, mais celle-là coûte dix sous. Si vous la voulez, il faut travailler.
Faites le ménage du magasin... et la superbe culotte est à vous !

LE LOUP BALAIE, BRIQUE, ASTIQUE, SOUFFLE ET SUE.

– Loup, y es-tu ?

M'entends-tu ? Que fais-tu ?

– **GRRRRR,
JE TRAVAILLE,**

rouspète le loup,
mais attendez voir, bande de saucissons !
Ça va barder pour vous !

Culotte
SPÉCIALE VIP

Quand il a terminé le ménage,
le loup lessivé s'en va chercher la superbe culotte
avec des dentelles et des cochons imprimés.

Mais là, entre les mains du vendeur, il voit une magnifique culotte,
brodée à la main avec du joli fil doré.
« Le Grand Méchant Loup a la même », lui assure le vendeur.

– Par les poils de ma barbichette,

C'EST
CELLE-LÀ
QUE JE VEUX !

Le vendeur, enchanté, se frotte les mains.
– Oui, mais celle-là est beaucoup,
beaucoup plus chère.
Elle coûte cent sous.
Si vous la voulez, il faut travailler.
Faites les travaux pour agrandir le magasin...
et cette magnifique culotte est à vous !

LE LOUP
COLLE,
PERCE,

PEINT,
VISSE,

SOUFFLE
ET SUE.

Plus personne ne lui demande
« Loup, y es-tu ? M'entends-tu ? Que fais-tu ? ».

OUHA!

La bande de saucissons est partie faire des galipettes dans les bois,
puisque le loup n'y est pas.

Quand il a fini les travaux,
le loup épuisé rentre chez lui,
avec la magnifique culotte brodée.
Sa magnifique culotte
qui gratouille un peu,
qui chatouille beaucoup.

Quand il traverse le bois,
il entend :

– Loup, y es-tu ?

M'entends-tu ?

Que fais-tu ?

Mais le loup ne rouspète même plus.
– Ben alors, tu ne nous croques pas ?

–NON,
TROP
RAPLAPLA.

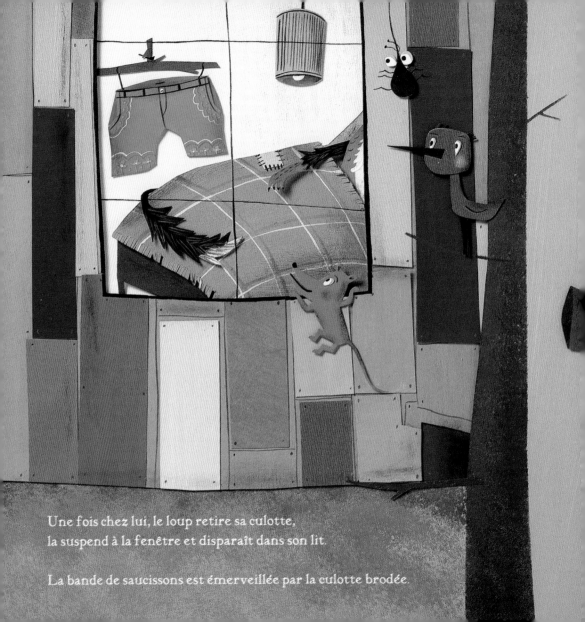

Une fois chez lui, le loup retire sa culotte,
la suspend à la fenêtre et disparaît dans son lit.

La bande de saucissons est émerveillée par la culotte brodée.

– Ce qu'elle est **belle**, cette culotte!

– J'ai vu la même **à la télé**!

– C'est **la même** que dans les publicités!

Mais bientôt, ça se dispute et ça crie.

Et pendant que ça se chamaille,
on entend une grosse voix qui dit :

- **AH! AH!**

Maintenant, bande de saucissons, avec ou sans culotte,

ça va barder pour vous!